AF397472

PLEURS

ET

SOURIRES

—

POÉSIES

—

Par Ferdinand GIFFARD

—⟨⟩—

SEMUR

IMPRIMERIE ET LITHOGRAPHIE VERDOT

Rue Renaudot, 21.

—

1858.

PLEURS

ET SOURIRES

PLEURS

ET

SOURIRES

POÉSIES

Par Ferdinand GIFFARD

SEMUR

IMPRIMERIE ET LITHOGRAPHIE VERDOT

RUE DU RENAUDOT.

1858

Ceci n'est pas un livre ; comme art, il n'y a
rien. — C'est tout simplement un recueil dans
lequel j'ai noté naïvement, presque sans recher-
ches, quelques impressions et quelques pensées.
C'est un petit coin de mon cœur découvert à tous
les yeux : bonheur et malheur, doute et espérance, ombre et lumière, *pleurs et sourires.*

Lorsqu'on entre dans un petit bois par une
chaude journée d'été, on respire avec bonheur
sous ce toit de verdure, on se couche avec déli-
ces sur la mousse fraîche et l'on rêve en regardant les gracieuses silhouettes des arbres se dé-
coupant vaguement sur l'azur du ciel. Qu'importe
que les arbres soient des chênes ou des bouleaux,
qu'ils soient entourés de lierre et de chèvre-
feuille. Ils sont gracieux, pleins d'ombre, de

verdure, on n'en demande pas plus ! C'est en poëte et non en botaniste qu'on admire la nature. — C'est ainsi qu'il faut lire ce recueil de poésies. — Le penseur y trouvera peut-être quelques idées; le jeune homme quelques échos du cœur, quelques gouttes de rosée, quelques rayons de soleil; le grammairien, à coup sûr, n'y trouvera rien.

F. GIFFARD.

Juillet 1856.

Tout sur la mer est sombre... on entend la tempête
Souffler, hurler partout. La vague jusqu'aux cieux
Bondit, s'élance, vole, et se cabre et s'arrête :
Elle se brise et tombe avec des bruits affreux.

Écoutez !... on dirait que l'ouragan s'apaise ;
Plus un nuage, on voit le vif azur du ciel !
Qu'elle est calme, la mer ! Venez sur la falaise
Voir son front couronné d'un brillant arc-en-ciel.

Oh ! combien elle est belle ! On ne voit nulle vague
Troubler le doux repos de ses champs azurés ;
On n'entend rien qu'un son qui monte faible et vague,
Comme un chant de bonheur, jusqu'aux parvis sacrés.

Quand l'Océan fougueux apaise sa furie,
Sa surface est plus calme et son flot est plus clair ;
L'onde de l'Océan est semblable à la vie ·
Le bonheur est moins grand quand on n'a pas souffert.

F. GIFFARD.

DÉDICACE

—

A Toi!!...

C'est à toi, blanche sœur dans les cieux envolée,
Ange au divin regard brillant de pureté,
Fleur d'or, lys sans tache au fond de la vallée,
Comme un frêle roseau par les vents emporté !...

C'est à toi que, pensif et les yeux pleins de larmes,
J'offre ces quelques vers, vains échos de mon cœur.
Oh ! combien ma pauvre âme aurait trouvé de charmes
Si j'avais pu les lire avec toi, pauvre sœur.

Ces vers, bons ou mauvais, sœur, je te les dédie :
Tu fus ma chaste muse, et c'est en te voyant
Que mon cœur tressaillit, énivré d'harmonie,
Et que les yeux au ciel, j'ai dit mon premier chant !

C'était un chant d'amour, naïve poésie,
Où ta main dans ma main nous prenions notre essor,
Où, prosternés aux pieds du Christ, divin messie,
Nous étions tous les deux changés en astres d'or.

J'ai murmuré depuis de bien douces romances :
Ce n'était que printemps, folle joie et bonheur ;
Je ne voyais briller au ciel que l'espérance,
Je ne sentais grandir que l'amour dans mon cœur.

Ces joyeux chants d'amour — dérision amère ! —
Je les cache à chacun, car ils parlent de toi ;
Je les relis souvent, seul, le soir, et j'espère
Que tu vas revenir t'asseoir auprès de moi.

Ton nom seul de mes vers serait la sauvegarde :
Il est suave et doux comme une rose en fleur.
Je pourrais le nommer, mais, va, je n'aurai garde ;
Avec ton souvenir je le cache en mon cœur !

Juillet 1856.

PLEURS

ET SOURIRES

TRISTESSE ET SOUVENIR

Et dire qu'elle est morte ! Hélas ! que Dieu m'assiste !
Je n'étais jamais gai quand je la sentais triste ;
J'étais morne au milieu du bal le plus joyeux
Si javais, en partant, vu quelque ombre en ses yeux !

Victor Hugoт. *Contemplations.* 2ᵐᵉ vol.

Silence ! je t'en prie, ô ma blonde, ô ma lyre,
Laisse poser sur toi mon front pâle, abattu ,
De peur qu'en se jouant l'harmonieux zéphire
Sur tes cordes d'argent vienne chanter et rire ;
Je suis triste, vois-tu ! ! !

Elle était jeune encor, seize printemps à peine
Avaient teint ses cheveux d'une couleur d'ébène ;...
Elle était belle aussi, non de cette beauté

Qui jette dans les cœurs l'ardente volupté,
Que tout jeune homme cherche alors que dans son âme
Il sent des passions brûler la forte flamme ;
Alors qu'il n'aime rien que femmes , que chevaux,
Que dîners somptueux et que plaisirs nouveaux ;
Elle n'était pas, je sais, d'une beauté telle
Qu'en la voyant chacun s'écriait : « Qu'elle est belle ! »
Et ne pouvait, sitôt qu'on l'avait admiré
Oublier les beaux yeux où l'on s'était miré ;
Mais d'une beauté chaste, et suave et divine,
Comme un poëte en rêve, un poëte en devine ;
Vierges qu'on voit passer sans qu'on les suive , hélas !
Anges que l'on révère, et que l'on n'aime pas !...

Silence ! je t'en prie, ô ma blonde, ô ma lyre,
Laisse poser sur toi mon front pâle , abattu,
De peur qu'en se jouant l'harmonieux zéphire
Sur tes cordes d'argent vienne chanter et rire ;
Je suis triste , vois-tu ! ! !

Moi , bien que jeune aussi , je sentais dans mon âme
Flamboyer et bondir une céleste flamme :
L'ardente poésie emplissait tout mon sein.
Les yeux au ciel , j'allais sans but et sans dessein ,
Et mon âme chantait cette musique vague
Que chante le rocher caressé par la vague ,
Que la tempête hurle au marin , au bandit ,
Que la nuit étoilée au silence redit

Je rêvais aux soleils qui brillent dans l'espace,
A la brise du soir, à l'insecte qui passe ;
Je me donnais en songe un palais somptueux,
Je l'ornais de tableaux, de bronze précieux ;
J'étais grand, j'étais riche, et l'on me faisait fête ;
D'un diadême d'or on couronnait ma tête,
Et j'étais roi puissant au milieu de ma cour.
Pour comble de bonheur il me manquait l'amour !
...... Alors laissant un peu tous mes rêves superbes,
Comme un insecte d'or que l'œil perd dans les herbes
Et qu'il retrouve après. Sans guide et sans soutien,
Je cherchai sur la terre un cœur frère du mien.

Silence ! je t'en prie, ô ma blonde, ô ma lyre,
Laisse poser sur toi mon front pâle, abattu,
De peur qu'en se jouant l'harmonieux zéphire,
Sur tes cordes d'argent vienne chanter et rire ;
Je suis triste, vois-tu ! ! !

Je cherchai bien longtemps le baume de mes peines,
Et je crus un moment mes espérances vaines !...
Oh ! la première fois que je la vis, c'était
Un soir d'été : La foule en courant se portait
Vers un toit tout en feu ! J'y cours ; ciel !.. quelqu'un pleure
Et gémit près de moi !... je regarde et demeure !...
O Dieu ! qu'elle était belle, avec ces longs cheveux
Flottant au gré du vent ! Qu'ils étaient doux ses yeux
Voilés par la douleur, par la crainte et les larmes !

Quelle était belle à voir, frissonnante d'alarmes !
On eût dit une mère à côté du berceau
De son fils ; Virginie au bord de son vaisseau
Quand l'ouragan hurlait sur la mer en furie ;
Aux pieds de Jésus-Christ on aurait dit Marie !...
Je compris que c'était la vierge de mon cœur,
Et me pris à l'aimer comme on aime une sœur.

Silence ! je t'en prie, ô ma blonde, ô ma lyre,
Laisse poser sur toi mon front pâle, abattu,
De peur qu'en se jouant l'harmonieux zéphire,
Sur tes cordes d'argent vienne chanter et rire ;
Je suis triste, vois-tu !.! !

Cet amour me sembla d'abord rempli de charmes,
Mais dans la suite, hélas ! je versai bien des larmes ;
Je fus près de deux ans, — deux ans ! sans la revoir !
Un jour je m'arrêtai devant un reposoir :
De la vierge Marie on célébrait la fête.
Devant l'autel en fleurs le cortége s'arrête ;
Le prêtre fait un signe : on s'incline partout
Et je restai, — moi seul, — immobile, debout !...
Les statues de Marie étaient environnées
De vierges de seize ans comme elle couronnées
D'éblouissantes fleurs, belles de pureté !
Mon regard sur ces fleurs, sur ces fronts s'est porté,
Et je l'ai reconnue, elle, ma sœur si chère ;
Divine, elle fixait ses deux yeux sur la terre.

A cette vue, ô Dieu ! j'oubliai jusqu'à toi !
Je me suis prosterné, Seigneur, pardonne-moi !
Non devant tes autels, mais aux pieds d'une femme,
Seigneur, pardonne-moi, car j'ai cru dans mon âme,
Que les anges sur terre étaient tous descendus
Pour implorer de toi nos heureux jours perdus,
Et qu'avec eux était leur reine à tous, Marie,
Si puissante, Seigneur, alors qu'elle te prie !...
..... J'eus le bonheur longtemps de la voir tous les jours,
Et l'amour dans mon sein, croissait, croissait toujours.

Silence ! je t'en prie, ô ma blonde, ô ma lyre,
Laisse poser sur toi mon front pâle, abattu,
De peur qu'en se jouant l'harmonieux zéphire,
Sur tes cordes d'argent vienne chanter et rire ;
      Je suis triste, vois-tu ! ! !

Je l'aimai chastement sans jamais le lui dire ;
Je souffris auprès d'elle un terrible martyre.
Je disais : elle est femme ! Et ma bouche s'ouvrait
Pour peindre mon amour et si grand et si vrai...
Mais la voyant, pensive, abaisser sa paupière,
Et soupirer à Dieu quelques mots de prière,
Pour ne la pas troubler, — cette fille du ciel,
Cet élu du Seigneur, ce frère d'Ariel ! —
Ma bouche au lieu de dire : « O mon ange, je t'aime ! »
Murmurait avec elle une hymne suprême.
Deux ans se sont passés dans ses chastes amours,

Elle était l'astre aimé qui planait sur mes jours....
Hélas! elle n'est plus! déployant sa blanche aîle
Et repoussant du pied sa dépouille mortelle,
Voyez-là qui s'envole aux côtés du Seigneur!
Cessez vos chants plaintifs et vos cris de douleur!
Faut-il pleurer alors que son bonheur commence?
Alors qu'elle revêt sa robe d'innocence?
Entendez-vous au ciel vibrer les harpes d'or?
Voyez les séraphins qui prennent leur essor,
Et les âmes des saints, et les vastes phalanges
Des martyrs couronnés, des vierges et des anges!
Ils l'entourent, voyez, et la guidant un peu,
La font asseoir au ciel!... O mon bon ange! adieu!

Silence! je t'en prie, ô ma blonde, ô ma lyre,
Laisse poser sur toi mon front pâle, abattu,
De peur qu'en se jouant l'harmonieux zéphire,
Sur tes cordes d'argent vienne chanter et rire;
　　　Je suis triste, vois-tu!!!

Adieu! ma blanche sœur! ô toi, que sur la terre,
J'aimai d'un amour pur et plein d'un doux mystère!
Je ne t'oublierai point : oh! tu seras toujours
L'idéal adoré, le rêve de mes jours;
Et toi, quand vers le soir au bord d'une fontaine
Tu me verras assis, reviens un peu, ma reine,
Reviens, et je croirai, quand la brise gémit
Sur mon front tout rêveur qui se penche à demi,

Que c'est ta bouche rose et chaste qui m'effleure !
Et nous resterons seuls ensemble tout une heure !
Et tu me parleras des doux anges, du ciel ,
Des hymnes que l'on chante aux pieds de l'Éternel ,
Du bonheur que l'on puise en vos chastes retraites ;
Enfin tu me diras tout ce qu'au ciel vous faites ;
Moi , je te conterai ce qu'on fait ici-bas :
Nos peines , nos plaisirs , nos travaux , nos combats.
Tu viendras , n'est-ce pas , car je pourrai , j'espère ,
Te dire ce que font et ta mère et ton père ,
Et tous ceux qui pleuraient en te disant : adieu !
Lorsque tu pris ton vol pour remonter à Dieu !
Oh ! oui, ma blanche sœur ! Oh ! tu viendras, Dieu même
T'enverra consoler un malheureux qui t'aime,
Et mon front brillera tant je serai joyeux ,
Car je te saurai pure et vierge dans les cieux !

Silence ! je t'en prie, ô ma blonde, ô ma lyre,
Laisse poser sur toi mon front pâle, abattu ,
De peur qu'en se jouant l'harmonieux zéphire ,
Sur tes cordes d'argent vienne chanter et rire :
Je suis triste, vois-tu ! ! !

SOUVENIR

—

SONNET

A Laure O....

Des vers, tu veux des vers, ma charmante cousine ;
Je ne saurais vraiment si peu te refuser.
Tu voudrais un poëme, une ode, j'imagine ;
Dans un petit sonnet j'aime mieux te causer.

Te causer du printemps et des fleurs d'aubépine,
De l'oiseau qui s'en va dans les grands bois jaser,
Du ruisseau, blanc filet, aux flancs de la colline,
Du petit banc de mousse où j'aime à reposer.

Est-il rien de plus doux qu'un souvenir d'enfance ?
Beau rêve parfumé dont on a souvenance
Tant que dans sa poitrine on sent battre du cœur.

Au jour le plus charmant je préfère l'aurore,
L'enfance à l'âge mûr. — Es-tu comme moi, Laure ?
Songes-tu quelquefois à ta jeunesse en fleur ?

LE RETOUR

A ma Mère, à mon Père.

Montbard, je te revois; Salut! ville chérie,
Combien tu parais belle à mon âme attendrie!
Lorsque je t'aperçus je versai de vrais pleurs,
Et mon cœur a battu plus rapide qu'ailleurs!
C'est que mes souvenirs sont tous en tes campagnes;
C'est qu'enfant j'ai joué sur tes vertes montagnes;
C'est qu'en ton temple saint, pour la première fois,
Mon âme aux pieds de Dieu porta sa faible voix;
C'est que j'allais revoir, et pour longtemps j'espère,
Tous mes amis d'enfance et ma *sœur* et mon père,
Et ma mère surtout, elle qui m'aime tant
Qu'elle semble mourir dès que je suis absent!

Je venais de voir cette ville,
Paris, la reine des cités,
Si grande qu'on la croit mobile
Quand on marche de tous côtés;
Et le Louvre et les Tuileries
Fiers des rides toutes noircies

Que le temps grava sur leur front;
Et ces temples, vastes licornes,
Qui semblent, paisibles et mornes,
Rêver à ce qu'elles diront.

J'ai laissé bien souvent mon âme
Flotter rayonnante d'espoir
Quand des clochers de Notre-Dame
Montait la prière du soir;
J'ai, des grands talents idolâtre,
Passé bien des nuits au théâtre,
Bien des matins au Panthéon;
J'ai vu la colonne Vendôme;
Un jour je restai sur son dôme
Une heure avec Napoléon!

J'ai vu de grands palais, de vastes avenues,
Les richesses du monde en un seul point venues,
Et j'ai crié : Vivat! Hors de moi, transporté,
En voyant un matin la sainte Liberté
          Planer au haut des nues!

*
* *

A tout cela pourtant je préfère Montbard!
Oh! oui, j'aime bien mieux sa nature sans fard
          Et ses vertes prairies;
J'aime le rossignol avec sa douce voix
Quand je vais tout pensif au fond du petit bois
          Bercer mes rêveries!

J'aime, j'aime la Brenne et ses grands peupliers
Qui, disposés ainsi, sont comme des guerriers
      Que l'on voit sur deux lignes ;
J'aime ces blancs tilleuls balancés dans les airs,
Ces rochers noirs et gris couronnés d'arbres verts,
      Ces coteaux pleins de vignes !

J'aime, lorsque le ciel au loin devient tout noir,
M'élancer sur la tour de l'antique manoir
      Et braver la tempête,
Grimper sur les crénaux qui tremblent sous mon poids,
Aux cris de l'ouragan mêler ma faible voix,
      Livrer aux vents ma tête !

J'aime ce grand château qu'habitait de Buffon,
Ce cabinet célèbre où cet homme profond
      Nous peignit la nature ;
Ces jardins suspendus et ce temple sacré
Qu'on aperçoit de loin, et ce lieu vénéré,
      Ma demeure future !

*
* *

Là, souvent seul, je puis oublier les ennuis
Que je heurte le jour, dont je rêve les nuits ;
Les yeux au ciel je vais : l'écho de la colline
Répète les beaux vers d'Hugo, de Lamartine.
Je jette une prière au doux vent qui gémit,
Et puis je me repose et m'endors à demi...

Je rêve.... aux saints du ciel, aux extases des anges :
Je vois se dérouler leurs divines phalanges ;
Je leur souris, leur parle, et bientôt, peu à peu,
Mon âme fuit la terre et vole auprès de Dieu.

AUBE ET CRÉPUSCULE

Je sortis un matin quand se levait l'aurore,
Comme un coursier sans frein je volai dans les champs :
A Paris, — pauvres gens ! — chacun dormait encore,
Et tout ici chantait déjà depuis longtemps.

Je sentis s'envoler tous mes rêves moroses
Comme des corbeaux noirs par un chasseur troublés ;
Et je courus gaîment, pensant à mille choses,
A travers les sainfoins et les sillons des blés.

On ne voyait que fleurs, calices et corolles ;
Partout, dans les chemins et sur les buissons verts,
On eût dit des flocons d'anges et d'auréoles
Caressant les moissons et jouant dans les airs.

J'en cueillis au hasard une masse, une gerbe ;
J'arrangeai de mon mieux leurs diverses couleurs,
Puis je dormis un peu sur un frais tapis d'herbe,
Et je revins joyeux en emportant mes fleurs.

Je les plaçai le soir au milieu de ma table
Dans un vase imité de Bernard Palissy ;
J'éprouvais à les voir un bonheur ineffable,
Je disais : « Puissiez-vous toujours rester ainsi ;

« Puissiez-vous conserver sur vos frêles pétales
Les trésors éclatants de vos riches couleurs,
Vos rubis panachés de saphirs et d'opales ;
Puissiez-vous conserver vos parfums, ô mes fleurs ! »

Et je vins travailler le lendemain près d'elles ;
Hélas ! ce n'était plus mes fleurs d'hier :
Toutes penchaient leur front sur leurs tiges trop frêles,
Et leurs feuilles tombaient sur mon livre entr'ouvert.

Elles tombèrent là l'une après l'autre, toutes,
Comme la blanche neige un matin de janvier ;
Et comme des guerriers dans les grandes déroutes,
Jonchèrent mon tapis et mon livre en entier.

Hélas ! et c'est ainsi qu'ici bas chaque chose
Fleurit, brille, étincelle et pâlit sans retour.
Le plaisir enivrant et semblable à la rose,
Il brille d'un vif éclat et pâlit en un jour.

UN ANGE

—

A mon ami Jean F.....

—➤✦✦◄—

Ta jeune sœur, ami, déploya ses deux ailes
Et s'envola, bien pure, aux voûtes éternelles
    Qu'hier elle avait fui !
Pourquoi toujours pleurer ? c'est Jéhovah, sans doute,
Qui l'arracha tremblante aux ronces de la route
    Pour la placer vers lui !

Combien elle est heureuse ! Elle eut le temps à peine
D'apprendre ce qu'ici l'on appelle une peine,
    Un tourment, un malheur...
Elle but un matin au vase de la vie,
Et le laissa, le soir, souriante et ravie
    Par son suc enchanteur.

Elle n'y vit jamais dans le fond les souffrances,
L'envie aux doigts crochus, les noires médisances,
    Les piéges de l'honneur.
Tout lui sembla parfum, miel odorant, dictame ;
Tout fit briller son front, tressaillir sa jeune âme,
    Battre son chaste cœur...

Le temps qu'elle passa près de nous sur la terre
Fut un soupir d'ivresse, une sainte prière,
　　　Un joyeux chant d'amour !
Le Seigneur l'appela, craignant que la pauvre ange
Ne traînat sa blanche aile au milieu de la fange...
　　　Envions son séjour !

La vierge que l'on pleure est près de Dieu placée ;
Et dépose à ses pieds la prière adressée
　　　Par le pauvre pécheur ;
Et puis, revient ici rayonnante de joie,
Soutenir le vieillard qui chancelle et qui ploie
　　　Sous le faix du malheur...

Elle sera ton aide, ami, ta sauve-garde ;
Du milieu de l'azur, vois, elle te regarde
　　　Et semble te prier
D'aller, par ton amour, calmer ta pauvre mère ;
D'adoucir par tes soins son existence amère ;
　　　De lui faire oublier

Sa fille, chaste enfant à l'enivrant sourire,
Qui, ce matin encore, égayait de son rire,
　　　L'heureux, le paria,
Et qui, ce soir, rayonne en la plaine éternelle
Où, joyeuse, elle garde une place auprès d'elle,
　　　Pour tous ceux qu'elle aima.

LA MORT DU DÉBAUCHÉ

Le cœur d'un homme vierge est un vase profond,
Lorsque la première eau qu'on y verse est impure,
La mer y passerait sans laver la souillure;
Car l'abîme est immense et la tache est au fond.
ALF. DE MUSSET.

« Des baisers, des baisers, Élise!
« O mon Élise, des baisers!
« Mon cœur et s'irrite et se brise
« Sous mes désirs inapaisés!
« Je sens tout un enfer dans l'âme!
« Il me faut mille baisers, femme!
« Mille baisers pour le tarir.
« Laisse donc ma main qui te touche!
« Laisse ma bouche sur ta bouche!
« Des baisers, ou je vais mourir! »

Ainsi parlait Don Juan sur son lit de souffrance.
Hier il était fort, hier il était beau;
Ce n'est plus aujourd'hui qu'un squelette en démence :
Son œil ne paraît plus s'ouvrir à l'espérance :
On dirait, à le voir, qu'il sort de son tombeau.

Deux femmes, près de lui, bonnes, douces, pieuses,
Écoutaient les sanglots de sa poitrine en feu;

La plus jeune, voyant ses souffrances affreuses,
Sa lèvre violette et ses paupières creuses,
Lui posa sur la bouche une image de Dieu.

Au glacial contact du crucifix d'ivoire
Il se dressa soudain, quoique rempli de maux ;
Un éclair s'alluma dans sa prunelle noire,
Et regardant sa sœur qui lui donnait à boire,
Il éclata de rire en répétant ces mots :

    « Des baisers, des baisers, Élise !
    « O mon Élise, des baisers !
    « Mon cœur et s'irrite et se brise
    « Sous mes désirs inapaisés !
    « Je sens tout un enfer dans l'âme !
    « Il me faut mille baisers, femme !
    « Mille baisers pour le tarir.
    « Laisse donc ma main qui te touche !
    « Laisse ma bouche sur ta bouche !
    « Des baisers, ou je vais mourir ! »

Et puis il retomba sur sa couche, immobile,
Ferma ses yeux au jour et ne les rouvrit plus.
Sur l'océan du vice, il avait, malhabile,
Livré sans avirons sa carène fragile :
Dans le gouffre des mers, ses mâts sont disparus !

L'ANDALOUSE

Viens, disait Flora l'Andalouse
En serrant Pedro sur son cœur,
Fuyons la ville, elle est jalouse,
Jalouse de notre bonheur.

Ami, je veux la solitude,
Je veux le doux calme des champs,
Pour t'aimer sans inquiétude
Loin du regard faux des méchants.

Je veux des fleurs blanches et roses
Pour en semer dans tes cheveux ;
Et du soleil, et mille choses,
Et du bonheur pour tous les deux.

Viens, mon Pedro, prends ma main blanche,
Courons ensemble dans les champs :
Nous entendrons sur chaque branche
L'oiseau nous envoyer ses chants.

Nous entendrons la brise ailée
Murmurer l'amour dans les fleurs,
Parler dans la nuit étoilée
Deux blanches flammes qui sont sœurs.

Sur l'herbe que le soleil dore
Nous placerons nos fronts joyeux,
Et pour voir combien je t'adore,
Tu regarderas dans mes yeux.

Et puis tu placeras ta bouche
Sur ma lèvre qui toujours rit,
Et nous serons dans notre couche
Comme deux oiseaux dans leur nid.

LES CHÊNES

Sur le sommet d'un mont, vers le soir je rêvais....
Le soleil se couchait dans un vaste incendie :
On eût dit que sa tête en tombant alourdie
Avait enflammé tout, le ciel et les forêts.

Des nuages de plomb se tenaient immobiles
Sur cette mer de feu. Un chêne fracassé
Reposait à mes pieds; son superbe passé
Se lisait sur sa tige en traits indélébiles.

Un brillant écusson se déchiffrait encore
Sur ses membres brisés que l'ouragan secoue;
Et son front décrépit et tout souillé de boue
Portait les grands débris d'une couronne d'or.

A côté de ce chêne, un autre plein de force
Poussait et grandissait, et montait sans pareil :
Un sabre à son côté brillait comme un soleil,
Et le monde à genoux baisait sa rude écorce.

Devant lui tout tremblait, et l'esclave et le roi,
Il commandait en maître aux régions connues....
Un éclair tout à coup sortit du sein des nues,
Et ses membres brisés roulèrent devant moi.

Je m'enfuis en jetant mes regards en arrière....
Un autre arbre croissait, croissait rapide et prompt.
A peine un diadème eut couronné son front
Que j'entendis au loin le bruit sourd d'un tonnerre..

LE FAGOT VERT

—

FABLE

Dans une vaste cheminée
Brûlait un feu bien clair .
Le sarment pétillait, et la flamme entraînée,
Partait comme un éclair.
Quelqu'un, sans doute un niais, mit un gros fagot vert
Dans la braise calcinée.
Le fagot aussitôt roussi du bon côté,
Grâce à ses feuilles, jette une vive clarté,
Se tord, pétille, chante et fait un tel tapage,
Que chacun, dans l'espoir de jouir d'un bon feu ,
Du foyer se rapproche un peu.
S'éloigner eût été plus sage :
Car le bois encore vert vous lançait au visage ,
En éclatant, cendre et charbons ardents.
Pour comble de malheur, de longs flots de fumée
Entrèrent dans la salle étroite et bien fermée ;
On allait étouffer. On s'enfuit : c'était temps.

Qu'ai-je voulu te peindre en cette fable ,
Lecteur, ne le comprends-tu pas?
Une assemblée ardente, vénérable,
Raisonnant fort bien, mais tout bas.

Un imbécille arrive, animal ridicule,
Bien frisé, bien ganté, qui va, vient, gesticule,
Fait la roue et jacasse, et brillant perroquet,
Étourdit ses voisins par son maudit caquet;
Il parle fort, mais mal; il bredouille, il zézaie;
Au nez de tout chacun lance ses vains propos,
    Et, pour finir, chose qui n'est pas gaie,
On l'évite, on le fuit : c'est le talent des sots.

A UN ESCLAVE .

ODE TRADUITE D'HORACE.

Je hais tous les apprêts des Perses fastueux ;
Je hais du blanc tilleul l'odorante couronne ;
Cesse, enfant : A quoi sert de chercher en quels lieux
    Se trouve la rose d'automne.
Que ton zèle inutile à ce myrte sans choix
N'ajoute rien. Il sied à ta face vermeille
Quand tu remplis ma coupe ; il me sied quand je bois
    Sous l'ombrage épais de ma treille.

LA·BOUTIQUE DU TRIPIER

FABLE

Afin d'attirer la pratique,
Un tripier, devant sa boutique,
Avait étalé force fleurs :
Elles étaient belles, mais sans odeurs.
En les voyant, gentillettes, éclore,
Tous les passants accouraient les sentir;
Tous reculaient, et, bien plus vite encore,
Se dépêchaient de partir :
Ils avaient respiré les perfides nausées
De viandes dès longtemps auprès des fleurs placées.

Que de gens ici-bas font comme ce tripier!
Leur cœur est tout pourri, tout rempli d'immondices!
Il sue à tous ses coins des défauts et des vices!
De loin, c'est beau : des fleurs le couvrent tout entier!
Mais vivez seulement deux jours avec ces hommes,
Vous verrez que leurs cœurs ne sont que des sodomes!

CONSEIL AUX PETITS ENFANTS

Si dans votre jeune âge, enfants,
Bercés dans les bras d'une mère,
Vous aviez vu de noirs tyrans,
D'un coup la renverser à terre ;

Si vous aviez senti du sang
Jaillir sur vos blondes figures ;
Si vous aviez vu son sein blanc
Tout couvert de larges blessures ;

Et si ces hommes inhumains,
Aux têtes viles et hautaines,
Avaient chargé vos faibles mains
De pesantes et tristes chaînes ;

Oh ! alors, enfants, avec foi
N'auriez-vous pas dit à toute heure :
« Donne-moi, mon Dieu ! donne-moi
« Une existence un peu meilleure !

« Je t'en prie, ouvre-moi ton sein ;
« Permets que, loin de cette terre,
« Je vole, guidé par ta main,
« M'asseoir aux côtés de ma mère. »

Et le bon Dieu vous aurait exaucé,
Et, prenant votre main meurtrie,
Doucement vous aurait placé
Entre votre mère et Marie.

Il en est ainsi des oiseaux
Que vous retenez dans vos cages :
Ils pleurent mères et berceaux
Solitaires dans les bocages;

Ils meurent, afin de revoir
Les collines qui leur sont chères;
Ils meurent, afin de pouvoir
Voler encore près de leurs mères.

LA LICE ET LE BARBET

FABLE.

Une lice un matin trouva son petit mort;
Vous peindre sa douleur n'est pas chose possible :
Il faut avoir aimé, comme une mère encor,
Pour savoir à quel point ce malheur est terrible.
Aussi la pauvre bête, hélas, dépérissait,
 Et tout chacun, avec raison, pensait
  Qu'en huit jours elle serait morte.
Triste et seule, un matin, accroupie à sa porte,
Elle vit un barbet pauvre et nu qui passait :
— Il était orphelin. Hier, sa bonne mère,
Sous les coups d'un méchant, avait fermé les yeux. —
« Pauvre enfant, près de moi, viens, dit-elle, et tous deux,
En partageant nos maux, nous parviendrons, j'espère,
  A les calmer. »
Le barbet accepta; la lice, rayonnante,
  Se prit si bien à l'aimer
Qu'elle oublia son fils et sa douleur poignante.

Du cœur humain, voilà l'image ressemblante,
L'amour dont il est plein peut se fondre en un jour.
Pour cela, que faut-il? Il faut un autre amour !

ADIEU, MA LYRE !

Adieu ! c'en est fait, ô ma lyre,
Il faut nous quitter pour toujours :
Je ne veux plus que boire et rire ;
A moi la muse des amours !
Je te trouve aujourd'hui sans charmes ;
Je hais tes nobles cris d'alarmes ;
Je hais tes pleurs et tes sanglots ;
Je hais les hommes en démence ;
Je hais tout ; je hais le silence
Qui plane la nuit sur les flots.

Je veux de joyeux chants d'ivresse ;
Je veux des cris, je veux du bruit ;
Je veux une folle maitresse,
Une maitresse pour la nuit ;
Je veux... mais silence, ô ma lyre !
Je crois qu'en passant, le zéphir
T'a fait rendre un chant de deuil...
Que vois-je, Dieu ! quelle est cette ombre?...
D'où sort ce cri terrible, sombre?...
Oh ! ciel ! cachez-moi ce cercueil !

Réponds-moi, Seigneur, es-tu juste
Quand ta main tombe chaque jour

Sur tout ce qu'il y a d'auguste,
De chaste en ce triste séjour ;
Quand tu te ris des pleurs de l'homme ;
Quand sur les maisons de Sodome
Tu retiens ton glaive de feu ;
Quand le pauvre se désespère
Aux pieds du méchant qui prospère ;
N'es-tu pas injuste, ô mon Dieu !

Fou que j'étais ! quand chacun pleure,
Ma lyre, j'allais te quitter ;
Hélas ! il est encor, demeure,
Des hommes vils à fouetter ;
Il est encore des fils, des mères,
Que des douleurs par trop amères
Brûlent et rongent tous les jours ;
Des vaillants héros qui succombent ;
Des trônes qui croulent et tombent ;
O ma lyre, reste toujours !

LE ROSSIGNOL ET LA ROSE

—

A Mlle M. V.....

Vous demandez des vers à ma muse, je pense,
Des vers harmonieux, chantés exprès pour vous :
Quand une femme prie, obéir est si doux !
    Écoutez, je commence :

C'était le soir, Bulbul * échappé du bosquet,
    Sa retraite accoutumée,
Près d'une blanche rose, astre d'un vert bouquet,
    Se posa ; la fleur en fut charmée,
Et se tournant vers lui d'un air tendre et coquet :

« O toi, divin oiseau, dont la voix est si pure,
Dit-elle, chante un peu, ton chant suave épure
    Les fibres de mon cœur ;
Quand tu chantais hier je sentis ma corolle
Tressaillir ; mon front blanc ceignit une auréole,
    Et j'ai rêvé bonheur !

« Chante un peu, je t'en prie, ô mon doux Bulbul, chante,
Tes chants semblent des pleurs, ta tristesse m'enchante,
    Car je suis triste aussi !
Je suis triste ! ma sœur, ma compagne chérie,

---

* Bulbul, nom du rossignol en Orient.

Belle hier comme moi, ce matin est flétrie;
    Et je suis seule ici! »

« Chassez le souvenir de vos douleurs passées;
Laissez – moi m'abîmer dans mes sombres pensées,
    Laissez – moi pleurer seul!
O vous, riez plutôt, riez, blanche colombe,
Vos yeux sont trop brillants pour rêver à la tombe,
    Pour rêver au linceul!

« Et puis ma voix n'est pas aussi pure, aussi douce
Que vous le semblez dire; hélas! elle s'émousse,
    Crie et vagit parfois!
Elle vous parut belle; oh! laissez – moi vous dire
Peut – être bien c'était l'harmonieux Zéphire
    Chantant au fond des bois!

« Peut – être le ruisseau qui coule et qui murmure,
Peut – être bien la voix de la grande nature
    Dans l'air plein de clartés,
Peut – être l'océan, peut – être la tempête! »
« Oh! non, reprit la rose en secouant la tête,
    C'était bien vous, chantez! »

Le rossignol alors, harpe mélodieuse,
    A deux fois préluda;
    Sa voix mystérieuse
Vibra comme un soupir dans une âme amoureuse.
    Voici ce qu'il chanta :

« Gloire, gloire à toi, blanche rose,
Souveraine étincelante des fleurs,
Dont le front chaste et pur repose
Dans le sein brillant de tes sœurs !

« Elles te font une couronne
Avec leurs feuilles tour à tour,
Avec tout ce que Dieu leur donne
De beautés pour briller au jour !

« Je t'aime, car je te sais belle,
Et chaste, et pure, et bonne aussi,
Parce que ta voix douce épelle
Matin et soir à Dieu : merci !

« Parce qu'aux malheureux en larmes
Pâles et maigris par la faim,
Pour calmer leurs tristes alarmes,
Tu donnes des pleurs et du pain !

« Parce que sans cesse tu donnes
Tes parfums, trésors précieux,
Et que, ne trouvant plus d'aumônes,
Tu montres, en priant, les cieux ! »

ENVOI.

C'est vous, je ne suis point trompeur,
Qu'ici j'ai voulu peindre en peignant cette rose ;
Mais quand au rossignol je n'ose
Dire quel est son nom : consultez votre cœur !....

MERCI !...

—

A mon ami J.-B. D.....

Oh ! oui, tu dis bien vrai : quand on a l'âme pleine
    De brûlantes douleurs ;
Quand tout brisé le cœur aux yeux permet à peine
    De verser quelques pleurs ;

Quand on reste muet, sans chanter, sans sourire
    En regardant les cieux ;
Quand le nom du Seigneur sur votre bouche expire,
    On est bien malheureux !...

C'est alors que l'on sent combien est doux le charme
    De la douce amitié ;
Combien est précieux un sanglot, une larme
    Offert par la pitié !...

Et moi j'étais rêveur, et mon âme brisée
    Tout le jour sanglotait ;
Et le front dans ma main, près de Dieu ma pensée
    Incessamment montait.

Montait ! mais non pas comme aux jours de mon enfance,
    Jours purs, délicieux,
Où ma mère entonnait une hymne d'espérance
    En me montrant les cieux.

Ce n'était plus, hélas ! ces suaves prières
    Qu'on apprend aux enfants,
Ces cantiques sacrés qu'on chante aux sanctuaires,
    Ces psaumes triomphants.

C'était un chant de mort, d'insultes, de vengeance
    Que mon âme chantait :
J'ai hurlé tous les cris d'un fou dans sa démence !
    Tous !... et Dieu m'écoutait !

Il m'écouta pourtant sans prendre son tonnerre,
    Sans me briser le front,
Sans disperser aux vents ma chétive poussière,
    Sans venger son affront.

Mais, bien plus, il posa dans ma pauvre âme en peine
    Son doigt consolateur ;
Il sourit à mes cris, et sa tiède haleine
    Vint réchauffer mon cœur.

Et j'ai dit comme Job : « Ces richesses immenses,
    « Dons de votre bonté,
« Ont disparu, Seigneur, comme un sac de semences
    « Par les vents emporté ;

« Maintenant je suis pauvre et je n'ai pour demeure,
    « Pour toit que le ciel bleu ;
« Vous m'avez tout repris, et voyez si je pleure,
    Si je pleure, ô mon Dieu ! »

Ami, ta noble voix en mon âme est venue
Hier quand je pleurais ;
Mon corps entier frémit d'une joie inconnue ;
J'oubliai mes regrets ;

Et, joyeux, je revis la brillante nature
Belle comme autrefois ;
Et dans le grand concert de chaque créature
Je fis frémir ma voix.

Oh ! merci ! tu calmas mes chagrins, mes alarmes,
Mes brûlantes douleurs ;
Tu mêlas, cher ami, tes larmes à mes larmes,
Tes sanglots à mes pleurs.

RÊVERIE

A mon ami Jacques C.....

Toi qui rêves, mon cher, une journée entière
Appuyé sur un mur soutenu par le lierre ;
Toi qui cherches partout les antiques débris,
Les manoirs dépouillés de leurs riches lambris,
Les tourelles sans toits dressant leurs froids squelettes
D'où s'échappent le soir des bandes de chouettes ;
Toi qui n'aimes, — mon cher, tu m'en as fait l'aveu, —
Que l'œuvre où resplendit la majesté de Dieu :
Les vieux temples noircis, les forêts pleines d'ombre,
Les rochers escarpés et les cavernes sombres
Où nos pères jadis fabriquaient de leurs mains
Des dards pour les briser sur le front des Romains ;
Toi qui passes, glacé, sans que ton regard brille
A côté d'une chaste et ravissante fille,
Et qui bondis de joie en trouvant par hasard
Un dolmen enterré, pierre informe et sans art,
Ou bien dans un grand bois un chêne centenaire
S'échappant en éclats, broyé par le tonnerre,
Ou bien une cascade en un gouffre géant,
Ou les cris furieux du farouche océan.
O combien je voudrais te voir à Notre-Dame
Quand le sommet des monts par le soleil s'enflamme !
Lorsqu'on rêve un moment dans ce temple sacré,

De pensers grands et purs on est tout pénétré ;
Le cœur bat, plein d'amour, l'âme devient plus grande
Et l'on murmure à Dieu quelques mots en offrande.
Sans doute, oh! tu dirais comme je me suis dit :
« Le grand nom du Seigneur sur tous ces murs se lit,
« Comment pourrait-on nier sa grandeur infinie
« En voyant ces piliers monter, pleins d'harmonie,
« Cette rosace folle où l'on voit rire un peu
« Le ciel noyé de pourpre et le regard de Dieu! »
Et t'asseyant, rêveur, dans l'ombre de la voûte,
Le front dans tes deux mains, tu te dirais sans doute :
« Par un homme pourtant ce temple fut bâti !
« Mais par un homme exprès du sein de Dieu sorti,
« Par un de ces élus qui viennent sur la terre,
« L'étoile au front, noyés dans des flots de lumière,
« Et qui s'en vont un soir en laissant derrière eux
« Un œuvre tellement grandiose et pompeux
« Qu'en y rêvant longtemps on n'ose croire, en somme,
« Ce chef-d'œuvre conçu dans le cerveau d'un homme! »

RÊVE D'AMOUR

A Madame B.....

Dans un rêve béni, je vous ai vu, Madame,
Pencher votre beau corps sur mon front soucieux :
Votre œil peignait si bien la candeur de votre âme,
Que j'ai cru voir en vous une vierge des cieux.

Mais vous m'avez souri et vous m'avez dit : frère !
Permets qu'à ton foyer je me repose un jour ;
Je n'ai plus pour m'aider les conseils de ma mère,
Allons ! frère , dis-moi ce que c'est que l'amour.

Et moi je vous ai dit : voyez ce blanc nuage
Qui glisse mollement dans la pourpre du soir,
Voyez dans ce torrent cette feuille qui nage,
Ce parfum précieux qui sort d'un encensoir ;

Voyez ce papillon folâtrant sur des roses,
Ce-colibri couvert d'azur, d'argent et d'or !...
L'amour est aussi beau, Madame, que ces choses,
Mais il est plus fragile et meurt plus vite encor !

UN RAYON DE SOLEIL

A mon ami Léon M*.**

Je venais de relire un feuillet de Tacite,
Et le front dans la main je rêvais tristement :
« Tibère, me disais-je, a bien ce qu'il mérite,
Oublions ce méchant, ce Judas, ce Thersite..... »
Et mes yeux sur le mur erraient confusément.

Un rayon de soleil par la fenêtre ouverte
Mêle son joyeux rire à mes sombres pensers ;
Viens donc, murmurait-il, suis-moi, la plaine est verte ;
Goûtons la vie ainsi qu'elle nous est offerte ;
Laissons grouiller en paix les hommes insensés !

Et je restais pensif et comme dans un rêve
A regarder danser au milieu du flot d'or,
Ces atômes sans poids que l'air fluide enlève
Et qu'il berce partout sans relâche et sans trêve,
Comme la mer ballotte un vaisseau loin du port.

Je me disais : Pourtant que de gens sur la terre
Dont un peuple de sots attendent le réveil,
Que de princes sans cœur, que de rois, ô misère !
Seraient nuls et sans nom, invisible poussière,
S'ils n'étaient pas tombés dans un peu de soleil.

CONTRASTES

C'était jeudi dernier, jour de la mi-carême :
Le ciel était superbe et le soleil brillait.
« Qu'il ferait bon courir, me disais-je en moi-même,
    Que ce beau temps me plaît ! »

Et je sortis bientôt savourant un cigare,
Je marchai devant moi sans but comme toujours,
Évitant de mon mieux les cochers criant « gare,
    Tous ces gens-la sont sourds ! »

Au coin d'un carrefour je fus distrait d'un songe
Que brodait follement mon cerveau de vingt ans :
Le poëte toujours semble croire au mensonge,
    Ainsi que les enfants.

Un corbillard passait suivi par une femme
Tout en larmes, avec son fils pleurant aussi ;
C'était triste, et vraiment ça vous empoignait l'âme
    De voir pleurer ainsi.

Le corbillard passa près d'une mascarade
De Titis, de Pierrots qui fêtaient Carnaval :
On allait tout le jour danser à la parade,
    Toute la nuit au bal.

Voilà pourtant comment tout se heurte en la vie :
La franche loyauté, l'infâme trahison ;
Voilà comme à côté du miel, douce ambroisie,
    Fermente le poison.

Tout se heurte : la fleur, le chardon sans usage ,
Le soleil bienfaisant, la fange des chemins,
L'ingrat, le débauché, le savant, l'homme sage,
    Les géants et les nains.

Tout se heurte : le bruit, la suave harmonie,
La grandeur, la vertu, la vile lâcheté,
Le petit esprit faible et l'homme de génie ,
    Les tyrans, la liberté !

MIRAGES.

—

C'est un songe,
Vain mensonge,
Doux espoirs superflus !
A toute heure,
Vois, je pleure,
Ma sœur, car tu n'es plus !

Quand l'hirondelle à ma fenêtre
Cogne avec son petit bec noir,
Je me dis : c'est elle peut-être,
C'est elle qui revient me voir.

Quand j'entends murmurer la brise
Dans les arbres du petit bois,
Quand je vois flotter, indécise,
Une ombre, c'est toi que je vois.

Lorsque le soir, les pieds dans l'âtre,
Je rêve auprès de mon foyer,
Je te vois, belle enfant folâtre,
Avec la flamme scintiller.

Lorsqu'un ruisseau chante et murmure
Avec les oiseaux du buisson,
Je crois entendre ta voix pure
Égrener ta folle chanson.

Quand les sons de l'orgue sonore
Montent au ciel avec le soir,
Je me prosterne et crois encore
T'entendre parler et te voir.

Et la nuit, lorsque je repose,
Tu viens près de moi reposer,
Je t'aime tant, sœur, que je n'ose
Sur ta bouche prendre un baiser.

J'ai grand peur que tu ne t'éveilles,
Je retiens mon souffle, ma sœur,
Et tout pendant que tu sommeilles
J'écoute palpiter ton cœur.

Et quand le jour, ma bien-aimée,
Rouvre tes beaux yeux endormis,
Tu dis à mon âme charmée,
« Ami, bonjour, » et tu souris.

Et mon songe brillant s'envole
Hélas ! pour ne plus revenir.....
Et je n'ai rien qui me console,
Rien, si ce n'est ton souvenir.

C'est un songe,
Vain mensonge,
Doux espoirs superflus !
A toute heure,
Vois, je pleure,
Ma sœur, car tu n'es plus !

MES FLEURS

J'avais un vase plein de fleurs à peine écloses,
Hélas ! et le soir même elles n'existaient plus :
Leurs feuilles s'envolaient, papillons blancs et roses
Chassés par l'aquilon dans des sentiers perdus !

Je les pris, et j'allais les jeter dans la rue,
Quand je vis, fraîche encore, une petite fleur
Parmi tous ces débris : c'était une ciguë !...
Un frisson glacial fit tressaillir mon cœur !..

Car je vins à penser aux choses de la terre,
Vase énorme rempli de fleurs comme le mien !
— Hélas ! tout ce qu'on aime et tout ce qu'on vénère,
La chaste jeune fille avec l'homme de bien ;

Le poëte au front pâle orné d'une auréole ;
La pudeur, la vertu, la sainte liberté,
Tout cela sèche et tombe et tournoie et s'envole
Comme un soupir d'amour par les vents emporté ?...—

Hier c'était Balzac et Delphine la blonde,
David, Rude, Gérard, Lamennais et Bérat !
Ils sont nombreux, c'est vrai ! mais la fosse est profonde :
Qui sait ce que demain peut-être emportera ?

Tous , ils vont par le monde , inquiets , l'àme émue ,
Et s'endorment un soir comme s'ils étaient las !
Tandis que l'homme vil ainsi qu'une verrue
S'attache et se cramponne aux plaisirs d'ici-bas.

Ils vivent de longs jours, ces méchants; chose étrange !
Ne croirait-on pas Dieu sans justice et mauvais
En voyant ces fronts plats, ces cœurs bourrés de fange,
Ces courtisans sans cœur, ces poëtes valets;

Ces assassins de peuple et violeurs de filles :
Ces vieillards, pauvres sots, qui musèlent le droit;
Ce vil Robert Macaire échangeant ses guenilles
Contre un habit brodé volé en quelque endroit.

Ces impurs, ces Judas, ces sacristains, les pires
Qu'on devrait souffleter et flétrir d'un bâillon,
Ces bigots qui voudraient dans leurs vastes délires
Assommer le progrès avec un goupillon.

TRAVAILLONS!

BUVONS! CHANTONS!

Travaillons ferme, et sans perdre courage,
Suivons des yeux le drapeau du progrès;
Nous sommes tous au printemps de notre âge,
Veillons d'abord, noüs dormirons après!
Nous, les enfants bien-aimés de la France,
Jeunes de cœur, zélés, intelligents,
N'avons-nous pas l'avenir, l'espérance
Devant les yeux, amis étudiants!

Travaillons ferme, amusons-nous de même,
Buvons gaîment pour fêter nos succès;
Vin parfumé, c'est toujours toi qu'on aime,
C'est toujours toi qui charmes les Français.
Buvons, trinquons, comme faisaient nos pères,
Aux doux repos, à l'amour, au printemps;
N'oublions pas, quand nous choquons nos verres,
Notre Patrie, amis étudiants.

Travaillons bien, mais aussi que l'on chante,
Bien loin de nous chassons le noir chagrin;
Un air joyeux nous charme et nous enchante,
Amis, chantons un antique refrain!
 O Béranger, que tout Français vénère,
Auprès de nous, reste encor bien longtemps :
Il est pour nous un protecteur, un père,
Le seul ami du pauvre étudiant.

LA JOURNÉE DE TRAVAIL

FABLE.

—

A mon ami Jacques P...

Au matin d'un beau jour un riche laboureur
    Fit assembler devant sa porte
    Ceux qui l'aidaient dans son labeur,
    Et leur parla, nous dit-on, de la sorte :

« Dans cette plaine, enfants, couverte de moissons,
« Partez! vous trouverez tous chacun votre tâche;
« Celui qui reviendra sans finir sera lâche,
    « Et comme tel chassé de nos maisons.

« Au contraire, celui qui, plein d'un saint courage,
« Ne reviendra qu'au soir avec ses chars remplis,
« Je lui dirai : Salut! tu t'es conduis en sage,
    « A mes côtés prends ta place, ô mon fils ! »

Et tous, la joie au cœur, partirent vers la plaine;
Tous travaillèrent bien jusqu'au milieu du jour,
Puis on se ralentit, puis on reprit haleine,
La pluie et le soleil, et les vents tour à tour
Les fouettèrent si bien qu'ils pensèrent à peine
Aux colères du maître en voyant leur retour.
Ils partirent beaucoup, l'un d'abord, l'autre ensuite,
Et quand le soir parut, tous avaient pris la fuite.

Mais leur maître était bon, il les rappela tous,
Et prenant de sa voix le timbre le plus doux :
« Approchez, leur dit-il, approchez-vous sans crainte ;
« Vous m'avez insulté, — ma parole était sainte, —
« Eh bien ! je vous pardonne, enfants repentez-vous ! »

Et tous ceux qui sans honte avouèrent leur faute,
Partagèrent ses biens et sa sainte amitié,
Tandis que les méchants, qui vinrent tête haute,
    Furent repoussés sans pitié.

    Le riche laboureur, mes frères,
C'est Dieu, c'est Jehovah, notre seigneur à tous ;
Ces hommes travaillant dans ce champ de misères,
    O mes frères, n'est-ce pas nous ?

Dieu nous a dit : souffrez, travaillez sans relâche ;
Enfants ne fuyez pas sans finir votre tâche,
    Et vous serez récompensés.
Mais nous voulons jouir avant d'en être dignes,
Et nous lançons à Dieu des insultes insignes,
Nous partons bien avant qu'il ne dise : avancez !

BALLADE A LA LUNE

CHANT DU POETE

—

Blanche lune, dis-moi
Pourquoi
Ton œil pâle caresse
Sans cesse
Les rideaux de mon lit
Chéri ;
Pourquoi lorsque je rêve
Se lève
Ton regard plein d'effroi
Sur moi ;
Je n'ai dans ma mansarde,
Regarde,
Rien qui craigne tes yeux
Curieux.

Je suis bien seul, les filles
Gentilles
Ne viennent pas s'asseoir,
Le soir,
Chez le triste poëte :
Ma tête

Morte sous les dédains
    Hautains
Ne s'est jamais bercée
    Pressée
Sur le sein doux et blanc
    Tremblant
D'une jeune et charmante
    Amante.

Je suis seul… seul toujours!!
    Mes jours
S'écoulent comme une onde
    Profonde
Qui lentement s'enfuit
    Sans bruit.

Fuis là-bas sur la dune
    O lune,
Là, crois-moi, tu verras
    Au bras
D'une jeune fillette
    Inquiète
Se pencher son amant
    Gaîment.

Fais briller ta lumière
    Entière

Sur ce couple amoureux ;
Sur eux,
O ma blanche lune, laisse
Sans cesse
Flotter tes doux regards :
Ne pars
Qu'après être certaine
Ma reine,
Qu'ils se quittent heureux
Tous deux.

Mais permets que j'achève
Mon rêve :
Je pense à cette tache
Qui cache,
Comme un brouillard trompeur,
Le cœur
De cette race humaine
Si vaine
Que vraiment je la crois,
Parfois,
Sans cœur, fausse, stupide
Et vide
Comme un ballon dansant
Au vent.

———

POÉSIE ET BONHEUR

Oh ! savez-vous pourquoi Dieu, notre père,
En nous créant nous fit tous malheureux ?
Amis, pourquoi l'on souffre sur la terre ?.
Pourquoi l'enfer en attendant les cieux ?
N'entends-tu pas les cris de l'agonie ?
Pitié, mon Dieu, nous sommes tes enfants !
Assez de pleurs, des hymnes triomphants !
Enivre-nous d'un peu de poésie.

> Entends ma voix, Seigneur,
> Exauce mes prières,
> Donne aux hommes, mes frères,
> Poésie et bonheur.

Quand tes bienfaits inondent la nature,
Serions-nous donc les seuls déshérités ?
A nous, les rois de chaque créature,
Tu dis : pleurez ! à nos sujets : chantez !
Nous travaillons, courbsé, l'âme flétrie
Pendant le jour, pendant la nuit souvent
Coulez, mes pleurs essuyés par le vent,....
Car près de moi tout n'est que poésie !...

> Entends ma voix, Seigneur,
> Exauce mes prières,
> Donne aux hommes, mes frères,
> Poésie et bonheur.

Le rossignol aux soupirs de la brise
Mêle son chant suave, harmonieux.
Une âme ainsi dans un corps qui se brise
Doit murmurer en s'envolant aux cieux !
La nuit t'apporte une pâleur amie,
Heureux Bulbul chante, chante toujours...
A moi les pleurs, les gémissements sourds,
A toi, bonheur, amour et poésie !

    Entends ma voix, Seigneur,
    Écoute mes prières,
    Donne aux hommes, mes frères,
    Poésie et bonheur.

Aigles puissants, vautours fauves, sauvages,
Brigands des airs, hôte des rochers noirs,
Sombre océan, hurlant sur tes rivages ;
Lions, rôdant dans le désert les soirs,
Et toi, ruisseau perdu dans la prairie,
Sous un berceau d'aubépines en fleurs,
Je vous envie et je verse des pleurs ;
N'avez-vous pas des flots de poésie ?

    Entends ma voix, Seigneur,
    Exauce mes prières,
    Donne aux hommes, mes frères,
    Poésie et bonheur.

Et, pauvre fou, je me plaignais sans cesse,
Insultant Dieu qui m'écoutait au ciel !

N'avons-nous pas, ô divine richesse,
Des mines d'or, des parfums et du miel ?
N'avons-nous pas le vin, douce ambroisie,
Le lys sans tache à l'ombre des côteaux,
Les hymnes saints du vent dans les roseaux ;....
N'avons-nous pas un peu de poésie?

 Entends ma voix, Seigneur,
 Exauce mes prières,
 Donne aux hommes, mes frères,
 Poésie et bonheur.

N'avons-nous pas ces chefs-d'œuvre sublimes,
Ces monuments, ces marbres, ces tableaux ?
Sommets de l'art, dômes, célestes cîmes
Qui planeront, toujours grands sur les flots,
Phidias, Homère avec tout son génie,
Virgile, Dante, Arioste, Raphaël,
Hugo, Schakespeare, astres tombés du ciel...
Hélas! ce n'est qu'un peu de poésie !

 Entends ma voix, Seigneur,
 Exauce mes prières,
 Donne aux hommes, mes frères,
 Poésie et bonheur.

A mes côtés, célébrons Dieu, mes frères,
Il a comblé le pauvre genre humain ;
N'avons-nous pas et nos sœurs et nos mères

Pour nous guider au terme du chemin ;
N'avons-nous pas tous une jeune amie,
Folâtre enfant, belle comme un beau jour,
Ange du ciel que l'on aime d'amour ;
N'avons-nous pas la sainte poésie ?

> Merci, merci, Seigneur,
> Touché de mes prières,
> Tu donnes à mes frères
> Poésie et bonheur.

C'est toi, Rosine, ô belle enfant que j'aime,
C'est toi que Dieu fit briller à mes yeux,
D'un éclat tel qu'un moment j'ai cru même
Voir resplendir une étoile des cieux ;
Entends ma voix, ô ma gentille amie,
Viens reposer dans mes bras, sur mon cœur,
Mourir ainsi ce serait du bonheur,
Vivons encor, c'est de la poésie.

> Entends ma voix, Seigneur,
> Écoute ma prière,
> Et donne-moi, mon père,
> Poésie et bonheur.

L'AÏEULE

—

Enfants, vous savez tous comme moi, je l'espère,
Combien est tendre et bonne une vieille grand'mère ;
Combien son doux regard s'allume triomphant
Quand un jour dans ses bras elle porte un enfant,
Un enfant de son fils ; et vous savez sans doute
Qu'elle verse pour lui son amour goutte à goutte ;
Que sa joie est dans lui, que lui c'est son bonheur ;
Qu'elle le soigne enfin comme on soigne une fleur
Qu'une amante a plantée au bord d'une fenêtre,
Et que sous ses baisers un matin l'on vit naître.
Ma grand'mère toujours de la sorte m'aima .
Un amour aussi tendre en mon âme germa.
J'étais sa seule joie et sa seule espérance ;
Combien elle charma les jours de mon enfance !
Ce n'était que baisers, caresses et présents ;
Et qu'elle avait d'orgueil en montrant aux passants
Ce que son petit-fils savait déjà bien faire :
Ses cahiers de calcul, sa leçon de grammaire !
Que de punitions elle sut m'exempter !
Souvent, — je m'en souviens, — refusant d'écouter
Les ordres de ma mère et faisant à ma tête,
On voulait me punir, elle me faisait fête :
Elle était près de moi sitôt qu'on me grondait,
Et me voyant pleurer, eh bien ! elle pleurait !
Elle était, bien que vieille, encor robuste et forte :

La mort un soir d'hiver vint frapper à sa porte;
Ce jour, — j'en pleure encore! — ainsi que chaque soir
Je vins baiser son front et lui dire au revoir.
Ma mère était assise aux côtés de mon père.
Je jetai mes deux bras au cou de ma grand'mère :
Ses grands yeux languissants sur moi semblaient errer;
Elle me prit la main et se mit à pleurer,
Et, tournant ses regards vers un christ d'ivoire
Attaché sur le mur aux bras d'une croix noire :
« O mon Dieu, lui dit-elle, écoute-moi, je sens
« Que la mort va briser mes membres languissants.
« Depuis longtemps la vie a pour moi peu de charmes,
« Je la quitterai donc sans répandre de larmes,
« Si tu veux m'accorder cette grâce; ô mon Dieu!
« J'ai bien assez souffert pour être heureuse un peu !
« Ne me rappelle pas près de toi toute seule,
« Laisse le petit-fils partir avec l'aïeule.
« N'est-ce pas, mon enfant, que tu veux bien aller
« Avec moi près de Dieu? » Je me sentis trembler;
Ses deux bras me serraient et m'attiraient près d'elle !
Et dans ses yeux brillait une étrange étincelle.
« Oh! non, je ne veux pas, dis-je, mourir encor, »
Et me débarrassant par un léger effort,
Je tombai tout tremblant dans les bras de ma mère :
Une larme tremblait au bord de sa paupière.
Hélas! le lendemain fut un jour de deuil,
Ma grand'mère gisait, morte, dans un cercueil.

ROMANCE

J'étais hier au fond de la vallée,
Rêvant, assise au pied d'un vert buisson,
Le rossignol dans la nuit étoilée
Chantait tout bas une douce chanson :
   Ma charmante fillette,
   Quand vous aurez seize ans
   Ne soyez pas coquette,
   Écoutez vos amants ;
   Laissez, laissez sans crainte
   Votre cœur s'enflammer :
   Aimer, c'est chose sainte ;
   Il est si doux d'aimer !

* *
*

Et j'entendis les soupirs de la rive
Se joindre aux sons d'une divine voix ;
Voici ce que cette gamme plaintive
Semblait chanter en sortant des grands bois :
   Ma charmante fillette,
   Quand vous aurez seize ans
   Ne soyez pas coquette,
   Écoutez vos amants ;
   Laissez, laissez sans crainte

Votre cœur s'enflammer :
Aimer, c'est chose sainte ;
Il est si doux d'aimer !

* *
*

Puis, je revins, pensant à mille choses,
Cueillant des fleurs aux buissons du chemin,
Et j'entendis les bluets et les roses
Chanter ainsi et frémir dans ma main :
    Ma charmante fillette,
    Quand vous aurez seize ans
    Ne soyez pas coquette,
    Écoutez vos amants ;
    Laissez, laissez sans crainte
    Votre cœur s'enflammer :
    Aimer, c'est chose sainte,
    Il est si doux d'aimer !

A F. F***.

—

Est-il, mon cher, une plus douce chose
Qu'un amour pur dans un cœur de vingt ans?
Quoi de plus beau qu'un frais bouton de rose
A peine éclos, un matin de printemps?
Cœur plein d'amour et rose épanouie
Remplissent l'air de parfums précieux :
Cueillons la rose au matin de la vie,
Aimons sur terre un bel ange des cieux!

VICES ET PASSIONS

SATIRE.

A Paris on entend tous les vains bruits de l'homme!
On heurte, à chaque pas, les vices de Sodome!
Les basses vanités qu'on soufflette du pied,
Le crime a sa couronne et le vol son trépied.

Ici, c'est une femme, et tout frein l'importune!
Elle a mis sous ses pieds sa plus belle fortune,
La pudeur! et sans honte elle offre à tout chacun
Ces trésors de beauté qui n'étaient que pour un!
Jeune homme, avec de l'or approche-toi sans crainte,
Elle t'enivrera dans sa brûlante étreinte,
Et sa lèvre hypocrite à ton cœur sans détour
Murmurera sans cesse un faux serment d'amour;
Elle te livrera les baisers de sa bouche,
Les éclairs de ses yeux, et son sein et sa couche;

Puis quand elle verra ton dernier louis d'or
S'échapper de ta main, tu l'entendras alors :
Comme ton cœur, mon cher, ta bourse est plate et vide,
Brisons là, car je suis de flots d'amour avide :
Il faut donc nous quitter, adieu! porte-toi bien,
Et surtout, cher ami, ne mange pas ton bien.

4

Puis, sur ce trait d'esprit, riant comme une folle
Près d'un autre insensé la voilà qui s'envole,
Ne te laissant, hélas! pour guérir ton amour,
Qu'un réchaud, une corde ou le haut d'une tour!

Et là, voyez! c'est lui, le débauché cupide
Qui sur l'adolescent, comme l'aigle rapide,
S'élance et le saisit; il s'attache à ses pas;
Des plaisirs effrénés il lui montre l'appas;
Il l'enivre, le grise; et quand sa lourde tête
Et s'incline et s'affaisse, alors, vois! il s'apprête!
Il le pille, le vole et le traîne au malheur :
Il couronne son front du brûlant déshonneur;
Sur cette âme aussi belle, aussi pure qu'un ange
Il jette de son cœur le par trop plein de fange,
Et puis le lendemain, Seigneur! tu l'as permis!
L'enfant et son démon se jurent d'être amis!

Voyez ce grand brutal qui soufflète sa fille!
Il est le seul soutien de toute sa famille :
Le travail de ses bras donne le pain du jour,
On jeûne en attendant, hélas! son long retour!
Mais avec l'argent, lui, de toute sa journée
Dans une auberge borgne, infecte, abandonnée,
Il s'enivre; et puis quand vers sa femme il revient,
Quand pour souper le soir elle voit qu'il n'a rien,
Comme une bête brute, et stupide, et cruelle,
Il tombe à poings fermés sur sa fille et sur elle!

Celui-ci c'est encore un homme aux sales mœurs,
Toujours il suit la foule et ses sourdes rumeurs!
Ce qu'il lui faut, c'est l'ombre et le froid qui grésille
Pour accoster le soir une innocente fille
Bien pure, mais gagnant par de rudes travaux
Sa maigre vie à peiné et ses habits nouveaux.
Il étale à ses yeux de brillantes richesses,
Il l'éblouit, l'attire et lui fait des largesses;
Il s'en rend maître enfin, et demande à son tour
Des baisers à sa bouche, à son cœur de l'amour;
Puis, quand il est repu, quand sur cette belle âme
Il a traîné sa main dégoûtante, l'infâme!
Il la chasse et l'oublie, et si, morte de faim,
Elle revient un jour lui demander du pain,
Il la pousse du pied comme ennuyeuse chose;
On brise le rosier quand il n'a plus de rose!

Bref, on trouve à Paris tous ces vices odieux
Qu'Adam heurta du pied en s'enfuyant des cieux.
C'est la luxure ici, la débauche, la haine,
L'avarice en un coin traîne sa lourde chaîne!
Là, le crime et le vol, et les noirs attentats,
Et tant d'autres encor qu'on n'en finirait pas!

Tous ils sont là, voyez! les enfants de Gomorrhe!
Loin de cacher leurs fronts ils le lèvent encore
Et semblent aux passants qui se trouvent près d'eux
Crier, hurler ces mots exécrables, affreux :

Voyez-vous cette femme ? elle était chaste et pure,
Et j'ai couvert sont front d'une noire souillure !...
Cet homme qui m'aimait, eh bien ! je l'ai volé !...
Cet or sur mes habits à ces perles mêlé
Je l'ai gagné jadis en me couvrant de boue !...
Cet homme, voyez bien, que je frappe à la joue
C'est mon père !... enfin tous mettent à nu leur cœur
Et se font gloire, ô Dieu ! d'un sanglant déshonneur !

On trouve bien aussi dans nos petites villes
Des vices repoussants et des passions viles ;
Mais on cherche, on s'efforce à nous les bien cacher,
On fait tant, que parfois, on a beau les chercher,
Rien ne paraît ; le masque est en étoffe épaisse,
Il faut gratter longtemps pour que l'âme apparaisse
Toute noire, et qu'on puisse observer sa noirceur,
Le visage de l'homme est un miroir menteur :
On se trompe souvent quand on tâche d'y lire ;
Le cœur peut-être triste et la bouche sourire ;
Et vous n'y verrez rien, prenez-y garde, enfants !
On ne doit pas toujours respect aux cheveux blancs !
Celui-ci, mes amis, tout chargé d'ans, qui passe,
Là-bas, seul en un coin, on dirait sur sa face
Que c'est un honnête homme, et la main sans penser,
S'apprête à saluer quand on le voit passer !
Ne le saluez pas, cet homme, je vous prie !
Son cœur est plein de fange et son âme est flétrie ;

Allez! n'écoutez pas ce qu'il vous dit : il ment!
Sa bouche mille fois a faussé son serment;
De voler ses voisins il a pris l'habitude ;
De feindre et de mentir il a fait longue étude ; .
Croyez-moi, mes amis, oh! ne l'approchez pas!
Il rouille ce qu'il touche; allez, fuyez ses pas!...

Ce qu'on trouve surtout d'assommant dans nos villes,
Ce sont des gens sans gêne aux façons inciviles;
Des richards presque fous qui ne parlent qu'argent,
Qui jour et nuit s'en vont prêtant, chiffrant, changeant;
Des êtres dont la bourse est bien pleine et bien ronde,
Mais dont le vide, hélas! en leur cervelle abonde :
De s'attrister, vraiment ils auraient bien grand tort!
A défaut de bons mots ils font sonner leur or,
Et les sots ébahis à ce bruit applaudissent!
Nous autres!... nous bâillons, et nos yeux s'alourdissent!

Mais que m'importent enfin ces ennuis, ces chagrins,
A les éviter tous, mes efforts seraient vains;
Je n'y prends aucun garde, et vis en solitude;
Mes jours sont tous remplis par le rêve et l'étude :
Je lis, relis cent fois mes poëtes aimés,
Et j'allume ma verve à leurs vers enflammés.
C'est Hugo, Lamartine, et Béranger que j'aime!
Ils ont touché de l'art la majesté suprême :
Pour moi ce sont des rois, ce sont presque des Dieux!
Qu'envierais-je de plus? je converse avec eux!!...

LE PROGRÈS

—

A Barillot.

Le Progrès ! le Progrès ! Étoile large et pure !
Astre brillant au feu duquel l'esprit s'épure
    Et l'âme s'agrandit !
Salut, phare étoilé, but où chacun aspire,
En te suivant des yeux je pleure et je soupire
    Et tout mon sang bondit.

Tu m'apparais toujours, bien loin, à mille lieues,
Comme une étoile d'or sur les montagnes bleues
    Au milieu de la nuit ;
Mais plus j'avance et plus j'aperçois ta lumière ;
— Je vois bien par moments un long flot de poussière
    Qui te cache, — et s'enfuit.

Il s'enfuit dispersé par le souffle des sages,
Comme un nuage sombre enflé de noirs orages
    Déchiré par les vents ;
Et ta lumière alors monte et surgit plus belle,
Brille, rayonne et lance une large étincelle
    Et des éclairs plus grands !

Malheur au vieillard à front chauve,
Perché sur la tradition,
Guettant comme une bête fauve
La moindre révolution ;
Criant tout le jour au scandale
Et frappant, moderne vandale,
D'un coup de sa vile sandale
Le poëte au génie altier,
Et qui va braillant ses cantiques,
Ses poëmes soporifiques
Mal copiés d'après les antiques.....
Pitié! vous me faites pitié!!!

Malheur à vous, pauvres cervelles,
Hommes sans instincts et sans yeux,
Traitant les machines nouvelles
D'absurdes, bien que valant mieux;
Vous bannissez de vos usines,
De vos fouilles et de vos mines
Ces bras de fer, vastes machines,
Écloses au front de Papin ;
Vous faites les hommes esclaves,
Vous rendez brutes ces cœurs braves
En jetant sur eux mille entraves,
La douleur, le mépris et la faim.

Malheur à toi, jeune Amérique,
A toi que j'admire pourtant,

Dis—moi, ma grande république
Dont je voudrais être un enfant !
Pourquoi laisses-tu l'esclavage,
Ainsi qu'une bête sauvage
Rugir et ronger dans sa rage
Les nègres, hommes comme nous ?
Bannis de tes rayons ces ombres,
Jette au feu ces pages sombres,
Repousse du pied ces décombres,
Vie à tous ! liberté pour tous !

Gloire à vous, inventeurs sublimes,
Bienfaiteurs de l'humanité,
Aidez les faibles, les infimes,
Les travailleurs déshérités !
Poëtes, soyez la parole,
Qui fortifie et qui console :
Flétrir le crime est un beau rôle,
Mais il vaut encor mieux bénir !
Marchez droit au but, sans faiblesse,
Repoussez du pied les bassesses,
Ne recherchez d'autres richesses
Que la gloire dans l'avenir !

J'AI VINGT ANS!

CHANSON

A tous mes bons Amis.

J'entends partout dire : jeunesse folle
Sans dévier suivez le droit sentier,
Chaque jour tombe, et tournoie et s'envole
Comme au printemps la feuille d'églantier.
La vie est courte, il faut la vivre en sage,
Imitez-nous, travaillez mes enfants ! —
— Boire ! chanter, me plairait davantage,
Amis, buvons, aujourd'hui j'ai vingt ans ! —

N'écoutez pas tous ces gens qui vous disent
Que le bon vin peut vous donner du cœur ;
Les gouttes d'ambre en vos verres s'irrisent,
N'en buvez pas leur éclat est trompeur !
Buvez de l'eau, quoiqu'en dise l'adage,
Les buveurs d'eau ne sont pas des méchants ! —
— Ce bon vieux vin me plaît bien davantage,
Amis, buvons, aujourd'hui j'ai vingt ans ! —

J'entends partout : pas de chansons légères !
Laissez dormir la France et l'Étranger ;

Sur un Missel marmottez des prières,
Jetez au feu votre vieux Béranger!
Ses chants ne sont que de fades sornettes
Qu'on peut donner pour joujoux aux enfants! —
— Sots, taisez-vous, je vais chanter Lisette,
Amis, buvons, aujourd'hui j'ai vingt ans! —

J'entends partout : la femme c'est le diable!
J'eus peur d'abord, mais je ne crains plus rien,
La femme est bonne, est gentille, est aimable,
Pour un baiser je me damnerais bien!
J'entends Veuillot qui me dit que les filles
Pour s'amuser dévorent les enfants! —
— Taisez-vous donc, idiots, goîtreux, Baziles,
Amis, buvons, aujourd'hui j'ai vingt ans!

Je vieillirai, vraiment je n'ose en rire,
Mes cheveux noirs blanchiront sur mon front;
Un air pensif chassera mon sourire,
Du temps railleur je subirai l'affront;
Peut-être alors nous nous reverrons, frères,
Nous oublierons rides et cheveux blancs,
— Et nous dirons en remplissant nos verres,
Amis, buvons, nous n'avons que vingt ans! —

VIVE MONTBARD !

A César Goulier.

Salut, Montbard, salut, cité chérie !
Sur mes vieux ans je te revois encor ;
Tes champs toujours sont des champs d'Arcadie,
Et tes enfants ont toujours l'âge d'or.
Tes bois sont pleins de fraîcheur et d'ombrage,
L'hiver jaloux, respecte, heureux hasard,
Les fleurs, les nids cachés dans le feuillage ;
Pour trouver ça vous n'avez que Montbard.

C'est à Montbard, qui voudrait me dédire,
Que Mahomet place son paradis,
Ici, tout charme, ici, tout vous attire,
Dîners charmants, bons vins, chastes houris.
Tout chacun s'aime, et s'entr'aide et s'oblige ;
Si quelqu'un souffre, à ses maux on prend part ;
Pour trouver ça on irait loin, que dis-je,
Pour trouver ça vous n'avez que Montbard.

Personne ici ne s'occupe de bourse ;
On ne sait pas ce que c'est que prêter ;
Vous n'avez pas d'argent, chacun débourse
Des louis d'or qu'on lui fait accepter ;

On parle argent, non pas, littérature,
Livres nouveaux, et science et beaux arts,
On ne lit pas l'*Univers*, je vous jure,
Pour trouver ça vous n'avez que Montbard.

Les femmes sont belles comme des anges,
Chastes comme Eve avant d'avoir péché,
Et c'est en vain, démons, qu'en leurs phalanges
Vous présentez le fruit prix du marché ;
Les hommes sont comme de vraies rosières,
Pas un n'est sot, pas un seul n'est jobard ;
Ils ne font pas le métier de cerbères,
Pour trouver ça vous n'avez que Montbard.

Personne ici ne parle politique,
Personne ici ne change à tous les vents,
Nul ne s'effraie au nom de république,
Nul ne faussa sans honte ses serments ;
Si pour marcher à la voix de la France
On déployait un jour un étendard,
On y verrait ce doux mot : Espérance,
Pour trouver ça vous n'avez que Montbard.

FRAGMENT

Dieu se fait un jouet des chefs-d'œuvre de l'homme,
D'un éclair de ses yeux il brûle les sodome,
D'un geste de sa main il renverse sans bruit
Ces monuments fameux que mille ans ont construit :
Temples, palais dorés, arches éblouissantes,   [santes
Trônes d'or, il prend tout dans ses deux mains puis-
Et les disperse aux vents, pêle-mêle, si bien
Qu'en voyant leurs débris chacun dit : ce n'est rien !
Et c'est ainsi pourtant !... Paris, ville superbe,
Sur tes remparts détruits un jour croîtra l'herbe,
Et dans mille ans peut-être on pourra voir nos fils
Chercher lanterne en main la place où fut Paris.

Vous avez beau bâtir vos temples et vos villes ;
C'est en vain ! vous verrez tous vos travaux futiles
Crouler, se disperser sous le marteau du temps.
Le sol sera couvert de monceaux d'ornements
Que l'antiquaire un jour mettra dans son musée
A côté d'un magot et d'une amphore usée !
Quand vos murs de granit ne seront plus debout
On oubliera vos noms, votre grandeur et tout !
Superbes Panthéons, on cherchera la place
Où vous étiez jadis !..... C'est ainsi que tout passe !....

C'est ainsi que l'oubli, cet océan sans fond,
Engloutit à jamais ce que les hommes font!...

Mais ce qu'on ne pourra briser qu'avec le monde,
Ce sont ces noms fameux dont la pensée profonde
Fut jusqu'au dernier jour au service du bien,
Ceux que l'humanité choisit pour son soutien,
Les sublimes penseurs, les savants, les poëtes,
Hommes au vaste cœur, créatures parfaites
Qui passent sur la terre, pauvres, persécutés,
Vendus par les Judas et par eux souffletés,
Enchaînés par Tibère et trainés à Capoue,
Calomniés par Basile et sa bande. Oh! la boue
Que vous lancez sans fin, nos fils la verront
En auréole d'or se changer sur leur front!
Sur leurs noms rayonnants l'oubli n'a pas de prise,
Sur leurs bustes d'airain la faulx du Temps se brise;
Heureuse prédestinée, salut dans l'avenir,
Vos noms dans tous les cœurs qui pourra les ternir?
On ne pourra briser l'ébauchoir et la lyre
Tant que l'homme saura voir, écouter et lire,
Tant qu'au char du progrès et de la vérité
On verra marcher, droite et ferme, l'humanité.

VIVENT LES FOUS!

—

CHANSON

Dédiée à la Société Théatrale de Montbard.

Air des Comédiens.

Vivent les fous! amis, c'est ma devise;
Elle n'est pas si drôle que l'on croit,
Car bien des gens que la gloire éternise,
Dignes d'amour, de respect et de foi,
Ont secoué pendant toute leur vie
Une marotte et chanté comme nous!
Allez sans peur de folie en folie:
Quoiqu'on en dise, amis, vivent les fous!

Je ne prendrai qu'un nom en cent peut-être,
Je le prendrai, parce que tout Français,
Dès son enfance apprit à le connaître
En apprenant à chanter nos succès;
Vieux Béranger, au matin de la vie
Tu fus, je sais, un viveur comme nous:
Suivons ses pas de folie en folie,
Quoiqu'on en dise, amis, vivent les fous!

Et Musset donc, et bien d'autres encore
Ont fredonné de joyeuses chansons ;
Chanter, chez eux, c'est ainsi qu'on adore !
Ils sont joyeux, mais en sont-ils moins bons ?
Aimés de tous, ils descendent la vie,
Cueillant des fleurs les parfums les plus doux ;
Allons comme eux, de folie en folie :
Quoi qu'on en dise, amis, vivent les fous !

N'écoutez pas, frères, veuillez me croire,
Les sourdes voix qui vous poussent au mal ;
Ne lancez pas de fange sur la gloire,
Ne souillez pas un cœur pur, virginal ;
Faisons le bien, aimons notre patrie,
De nous aimer, mes frères jurons tous,
Et nous irons, de folie en folie :
Quoi qu'on en dise, amis, vivent les fous !

Chassez bien loin vos antiques querelles,
Redevenez, amis, comme autrefois ;
Un noir démon, de ses pesantes ailes,
Avait touché vos fronts rêveurs, je crois.
Repoussez-le, ce tentateur impie,
Et que jamais il ne rentre chez vous ;
Allez, sans peur, de folie en folie :
Quoi qu'on en dise, amis vivent les fous !

Vous alliez tous pensifs, tête baissée,
Vous cachant presque aux yeux de vos voisins,

Le chagrin seul peuplait votre pensée,
Adieu, chansons, adieu, dîners, festins,
En vous voyant, malgré moi j'eus l'envie,
De vous nommer non les fous, mais les loups :
Oh! marchez donc, de folie en folie :
Quoi qu'on en dise, amis, vivent les fous!

Bonheur divin, la joie est revenue,
Séchez vos pleurs, refoulez vos sanglots!
Que dans ce lieu la ville entière afflue :
La Comédie agite ses grelots;
Venez nous voir, le pauvre vous en prie;
Oui, vous viendrez, nous comptons fort sur vous;
Et nous irons, de folie en folie :
Les Montbardois seront toujours des fous!

A M. DE LAMARTINE

« Trois conditions, selon nous, sont
« nécessaires pour former un grand poëte
« sérieux dans tous les siècles. Ces trois
« conditions sont : un amour, une foi,
« un caractère. »

(LAMARTINE, *Cours de Littérature*,
18ᵉ Entretien).

Oh ! oui, vous l'avez dit ; pour faire un bon poëte,
Poëte comme vous, comme Hugot le proscrit,
Pour donner à nos fils un nom que l'on répète
Il ne faut pas avoir seulement de l'esprit.

Il faut avoir au cœur un amour pur, sans tache,
Qui lutte et qui résiste à la rouille des temps,
Un saint amour ; malheur à celui qui se cache
Pour aimer salement des spectres repoussants !

Maître, j'ai deux amours qui parfument mon âme,
Pour lesquels je serai, — je crois, — persécuté :
J'aime, comme le Dante, un ange, chaste femme ;
Comme le vieux Caton, j'aime la liberté !

Il faut avoir encore une foi grande et sainte,
Fanal éblouissant que rien ne peut ternir :

J'ai foi dans le progrès dont la terre est enceinte,
J'ai foi dans l'astre d'or qu'on nomme l'Avenir !

J'aurai du caractère, ò maître, je le jure !
Je saurai jusqu'au bout poursuivre mon chemin,
Et si je tombe au piége ou veille l'imposture,
Je vous appellerai pour me tendre la main.

FRAGMENT

. . . .
L'amour aujourd'hui semble une chose fort rare,
Ce n'est pas étonnant, vous comprendrez pourquoi
L'argent est roi du monde, et chacun près du roi
(Ce fut toujours ainsi) traîne toge et simarre ;
On se vautre aux pieds froids de la fortune avare
Et l'on vit, être absurde, en ne pensant qu'à soi.

Hélas ! ce ne fut pas toujours ainsi ; nos pères
Nés en quatre-vingt-neuf avec la liberté,
Bercés dans les combats par les gloires altières,
N'avaient pas dans le cœur notre cupidité.   [rières
Nous, nous cherchons l'argent, eux, les vertus guer-
Et l'amour, soleil d'or de notre humanité.

Après mil huit cent quinze et sa chute fatale
La grandeur fit place au vil abaissement ;
Le Cosaque monté sur sa maigre cavale
Fit tomber l'aigle immense en le perçant au flanc.
On gratta sans pudeur l'étoile impériale
Et sur le trône d'or le gros roi gravement

S'endormit ; et chacun commença le pillage :
Des places par ici ; l'or d'un autre côté,

On dorait son blason en volant son village,
Si bien qu'un jour enfin, le peuple transporté
Brisa couronne, trône et princes dans sa rage :
— On escamotait tout, jusqu'à la liberté !

FIN.

TABLE DES MATIÈRES

www.ingramcontent.com/pod-product-compliance
Ingram Content Group UK Ltd.
Pitfield, Milton Keynes, MK11 3LW, UK
UKHW022104070726
13613UKWH00002B/941